고양이에게 김이 올라오는 찻주전자는

우리 집은 모든 것이 다 괜찮다는 그런 의미.

Mırnâme

고양이는 언제나 고양이였다

얄바 츄 우랄 글 페리둔 오랄 그림 강경민 옮김

사랑을 잃은 고양이

고양이는 때때로 버려져.
집에서 멀리 떨어진 곳,
돌아올 수 없는 곳에.
그곳에 사랑은 없지.
다행히 별들이 친구가 되어
사랑을 잃은 고양이를 위로해.

붉은 고양이

잠 못 이루는 밤이면
붉은 고양이가
항상 나를 지켜봐.
도무지 고양이를 벗어날 수가 없어.
나는 붉은 고양이를 벗어날 수 있을까?
잠들 수 없다면
오래된 책을 꺼내
시라도 읽어 볼까?

예술을 사랑하는 고양이

그림을 그린 후
고양이에게 보여 주면
고양이는 말하지.
"야옹."
고양이는 예술을 사랑한다니까.

고양이가 천국에 가는 이유

천국의 어린이들은 고양이 없이 살 수 없어.
그걸 아는 고양이들은
삶을 마치면 아이들이 기다리는 천국으로 가.

고양이와 별

고양이들은 밤이면 앞발로 톡톡 쳐서 별을 떨어트려.

매일 밤.

별 하나 별 둘 별 셋…

아무도 보지 않을 때 떨어진 별 중 하나를 살짝 주워.

새벽이 오고 잠들었던 아이들이 깨기 시작하면

떨어진 별들을 다시 제자리에 올려놓지.

별 하나는 빼고.

고양이들은 몸 어딘가에 긴 꼬리가 달린 별 하나를 품고 살아.

우리가 모를 뿐.

고양이를 본 적 없는 아기 고양이

거울을 들여다보던
아기 고양이는
깜짝 놀랐어.
자기도 사람 아이처럼
검은 머리칼에 주근깨가 있을 거라고
생각했거든.
귀가 쫑긋한 거울 속 저 아이는 누굴까?

고양이 모음곡_ A Minor Op.15

배가 고파 한밤에 배회하던

고양이가

피아노 건반 위에 뛰어 올랐어.

움직일 때마다

멜로디가 흘러나왔지.

고요한 밤 고양이를 위한 모음곡이.

바위 위의 고양이 세이렌

나는 이스탄불에 살고 있는 고양이야.
신화 속 세이렌의 피를 이어받았지.

그래서 내가 생선을 좋아하나 봐.
그래서 아이들과 갈매기 떼가 무섭고.

나는 매일 밤 어둠이 깔리고 나면
기다려.
등대가 있는 흑해 해안가에 자리를 잡고서.
황금양털을 찾아 돌아오는 아르고호의
뱃사람들을.

◆ 세이렌은 그리스 신화 속 요정으로 아름다운 소리
　로 뱃사람을 유혹해서 위험에 빠트린다.
◆ 아르고호 원정대는 황금양털을 찾아 모험을 떠나
　는 그리스 신화 속의 영웅 이아손 이야기에 나온다.

턱시도 고양이

신은
수천 가지의 색깔을 선사했어.
모든 동물에게.

그런데 턱시도 고양이는
왜 두 가지 색으로만 되었을까?
신에게 남은 색깔이 더 이상 없었던 걸까?
팔레트에 말이야.
흑과 백으로 된 오묘한 고양이를 원했던 걸까?

이유가 무엇이든
턱시도 고양이는
세상에 온 그 날 이후
밤이면 어둠 속에서 펄럭이는 새하얀 비둘기가 되었어.

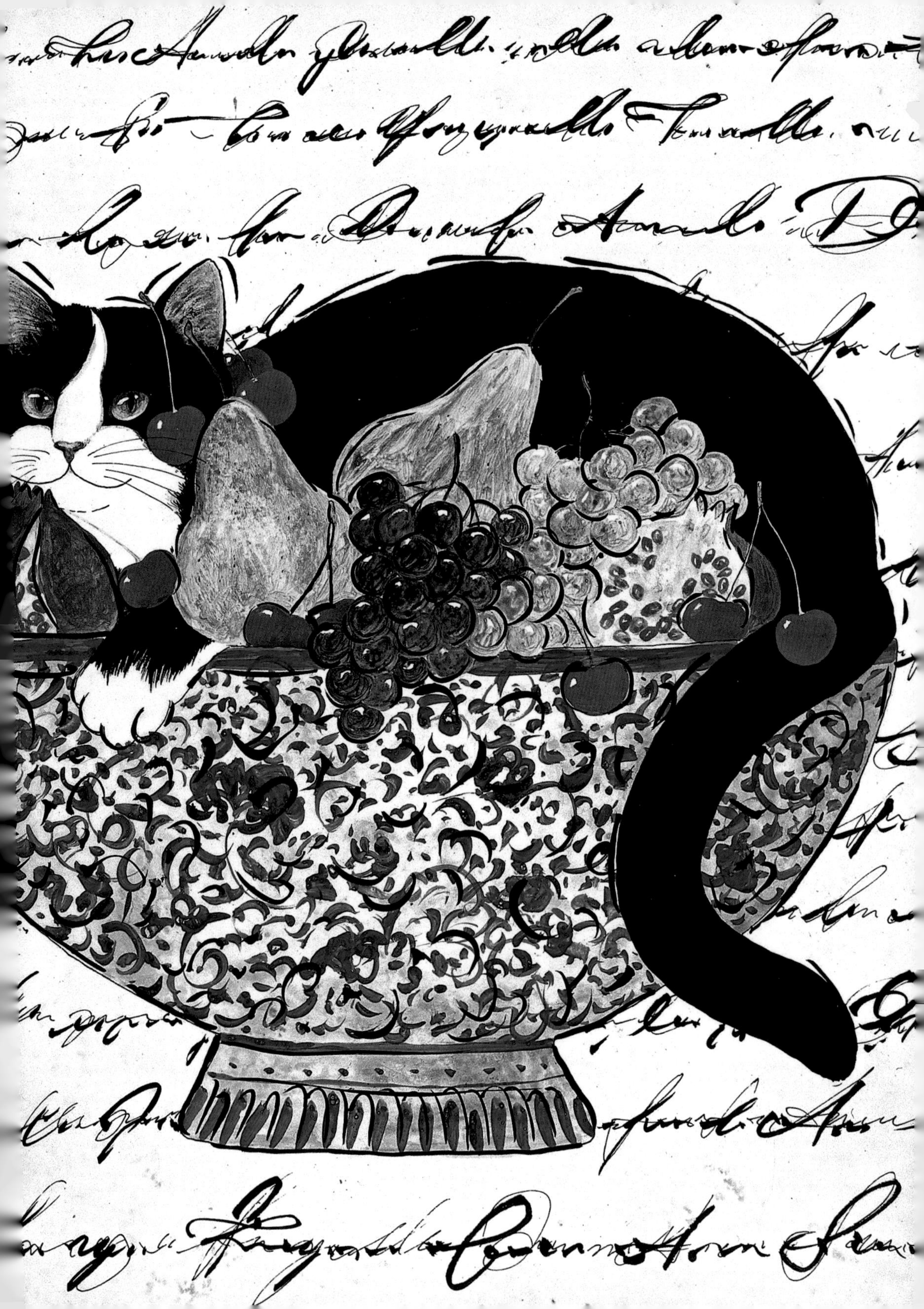

고양이는 언제나 고양이였다

고양이는 고양이였다.
개가 개 같고,
사람이 사람 같았을 때.

고양이는 고양이였다.
개가 조금 개 같고,
조금은 사람 같았을 때.
사람이 사람 같았을 때.

고양이는 고양이였다.
개가 사람 같고,
사람이 사람 같기도 하고 개 같기도 할 때.

고양이는 개를 걱정했지만
개는 개의치 않았지.
사람은 개 같았고,
개는 개가 아니게 되었어.

고양이는
도도한
자기 모습 그대로
이곳에 남았어.

고양이 언어

아는 사람이 있을까?
"야옹."
이 말이
얼마나 많은 의미인지.

다른 나라에서도
"야옹."일까?

어느 시인이 그랬어.
무척이나 추운 날,
덜덜 떠는데
입에서 이 말이 튀어나오더라고.
"야옹~."

고양이와 카펫과 쥐

고양이는

카펫을 매우 좋아해.

엄마 품처럼

따뜻하거든.

아마도 그게

쥐가 카펫을

무지하게 싫어하는

이유일 거야.

고양이가 인간을 이해 못하는 이유

물고기는 물에서 살아.
하루 종일
몸이 물로 씻기지.

그런데 인간은
요리하기 전에
물고기를
물에 씻어.

고양이는 인간을
이해할 수가 없어.
도저히.

고양이와 새장

고양이는 나는 법을 모르지.
고양이가
새장을 사랑하는 이유야.
고양이는
새장에서
기다리는 게 있어.
절대 나타날 리 없는 새,
동화 속에나 나오는 불사조를.

고양이의 삶

우리 사는 이곳에
머물렀던
고양이는 얼마나 될까?
흰색 고양이, 노랑이, 고등어, 턱시도, 삼색이….
얼마나 많은 고양이가
우리 곁에 있다가 떠났는지
우리는 몰라.

무덤조차 없으니.

조용한 곳에서 삶을 마친 그들을
살며시 덮어 주는 건
아침 바람에 실려 온 모래.
모래의 품으로 돌아간 고양이들.

길 위에서 삶이 무너진 그들을
차가 또 밟고 지나갈 때
우리를 한 번 더 믿어 달라고 말할 수 있을까.
그들의 말라 버린 몸과
여전히 빛나는 털이
어느 눈이 부신 날에
우리 얼굴에 침을 뱉을지도 몰라.

고양이는 호기심에 죽지 않는다

집집마다 오래된 비밀스러운 상자가 하나씩 있지.
신부가 혼수로 가져온 고풍스런 침대보와
오래된 사진들,
아이들 장난감과
좀약 냄새가 밴 옷이 담겨 있는.

비밀 상자가 열리고
인간과 고양이는 모든 것을 구경했어.
흥미진진하게.
하지만 곧 상자의 문이 닫히고
한 번 더 열 수 있는 기회가 있었지만
고양이는
상자 위에 조용히 앉는 것을 선택했어.
청색비둘기와 함께.

◆ 청색비둘기 장식이 그려진 도자기는 투르크 지방의 전통 장식품으로, 청색은 영원함을 의미한다.

찻주전자 끄는 고양이

찻주전자에서 올라오는 김을 바라보는 건
고양이의
즐거움 중 하나.
비록
고양이가
차를 좋아하지 않아도 말이야.
고양이에게
김이 올라오는 찻주전자는
우리 집은
모든 것이 다 괜찮다는
그런 의미야.

고양이 채플린

고양이 채플린은   어느 어둠이 내린 밤,
유쾌했고,   극장의 문을 살짝 열고 들어가
자유로웠어.   관객석에 앉은
그는 일생 동안   늙은 고양이에게 말했지.
비둘기를,   "새처럼 자유롭게 날기를 원하면서
평화를   새장 속에 갇혀 있구나."
사랑했지.

고양이 아돌프

그 고양이는
누구도 죽이지 않았어.
심지어
쥐를 잡은 적도 없지.

그런데 바로 그날,
배가 고파서
새끼를 모두 잡아먹은
그 고양이는
아돌프가 되는 모든 준비를 마쳤어.
그걸로 충분했지.

고양이 도자기

나만의 짝사랑이야.
내게 진심도,
헌신도 바라지 마.
나는 고맙다는 말도 미안하다는 말도 할 줄 몰라.
그저 지키고 사랑해 줘.
떨어트려 깨트리지만 마.

그저
나를 품에 안고 먼지가 앉았으면 좀 닦아 주고
그렇게 사랑해 줘.
시간이 갈수록 내가 더 아름다워 보일 수도 있지만
나는 변할 수 없다는 걸 알아둬.

나를 오래된 상자에 넣어서 치우거나
테이블 위에 덩그러니 버려 두지만 마.
나는
마음이 없는 도자기 고양이야.
당신을 사랑하지만 나 자신은 사랑하지 못하는.

제발
떨어트려 깨트리지만 마.
이스탄불 골목마다 깨진 내 조각들이 나뒹구는 건 비참하니까.
만약 그 조각들을 모아 다시 붙여 준다면
비록 조각난 몸이지만
소녀의 탑에서 영원히 너를 그리워할게.

◆ 소녀의 탑은 터키 이스탄불을 가로지르는 보스포러스 해협에 떠 있는 작은 섬에 있는 탑이다.

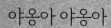

야옹아 야옹아

아무도 몰라.

길 위 고양이들의 삶을.

누가 주는 밥을 먹고 어떻게 살아가는 걸까.

길에서 사는 고양이들은

이름도 없지.

'야옹아 야옹아.'

불릴 뿐.

고양이가 사라질 때

고양이는
장례식은 사양이야.
그게 아무리 찾아도
떠난 고양이를 찾지 못하는 이유야.
죽음을 받아들여야 하는 시간이
다가왔음을 아는 고양이는
집에서 사라져.
남은 가족이 아파하기를 바라지 않거든.

사람들은
고양이가 사람보다
집을 더 좋아한다고 하더군.
그럴 리가.
생명의 끈을 놓아야 할 때
남은 가족이 슬퍼하는 것을 바라지 않아서
아픈 몸으로 집을 떠나는 고양이인데.

사랑의 종말_ 21세기 고양이

21세기 고양이는
정육점에서 남은 고기를 기다리지 않아.
쓰레기통을 뒤지지도 않지.

모든 골목은 출입금지이고,
지붕으로 쫓겨났지.
고개를 들고 당당하게 이리저리 옮겨 다니는
것도 금지.
주인의 이름이 적힌 이름표가 없으면
삶은 허락되지 않아.

더 이상
고양이 혼자 산책을 다니는 것은 허락되지
않아.
공원에서도 정원에서도.
개도 고양이를 쫓지 않지.
떠도는 고양이가 도시에 없거든.
사람들이 끊임없이 확인하기 때문에.
숱한 감시 속에서
개가 쫓을 고양이조차 없어.

더 이상 혼자 집에 남겨져
사람을 기다리거나
캣타워를 오르는 집고양이도 없어질지 몰라.
누가 알겠어.
어쩌면 사람들은
배터리로 움직이는 심장을 가진 고양이랑 살
게 될 거야.
"야옹!" 소리 대신
"끼익끼익." 대는 쇳소리를 고양이 소리라고
알게 되겠지.

봄이 시작되는 계절,
사랑하는 이들과 함께
하늘 높이 솟은 건물의
지붕에 올라가는 즐거움도 더 이상 없겠지.
어쩌면
컴퓨터에 연결된 마우스를 갖고 노는 고양이만
남을 수도 있어.
이런 세상은 고양이가 만든 게 아냐.
고양이를 변화시킨 건 고양이가 아니라
기계화된 문명을 신봉하는 인간이지.

고양이 그림일기
(한국출판문화산업진흥원 이달의 읽을 만한 책, 학교도서관저널 추천도서)

두 고양이와 그림 그리는 한 인간이 서로의 삶의 방법을 존중하며 사는 잔잔하고 소소한 이야기.

고양이 임보일기
《고양이 그림일기》의 작가가 새끼 고양이 다섯 마리를 구조해서 입양 보내기까지의 시끌벅적한 임보 이야기.

나비가 없는 세상
(어린이도서연구회에서 뽑은 어린이·청소년 책)

신디, 페르캉, 추새. 개성 강한 세 마리 고양이와 만화가의 달콤쌉싸래한 동거 이야기.

깃털, 떠난 고양이에게 쓰는 편지
프랑스 작가 클로드 앙스가리가 함께 산 고양이의 삶과 죽음, 상실과 부재의 고통, 동물의 영혼에 대해 썼다.

고양이 천국
(어린이도서연구회에서 뽑은 어린이·청소년 책)

고양이와 이별한 이들을 위한 그림책. 가족이 그리울 때면 잠시 다녀가는 고양이 천국의 모습을 그려냈다.

우주식당에서 만나
(한국어린이교육 문화연구원 으뜸책)

2010년 볼로냐 어린이도서전에서 올해의 일러스트레이터로 선정되었던 신현아 작가가 그린 반려동물에 관한 네 편의 환상 동화.

개, 고양이 사료의 진실
반려동물 사료에 대한 알려지지 않은 진실을 폭로한다.

개·고양이 자연주의 육아백과
세계적 홀리스틱 수의사 피케른의 40만 부 이상 팔린 베스트셀러로 최상의 식단과 생활습관, 질병 대처법 수록.

우리 아이가 아파요! 개·고양이 필수 건강 백과
새로운 예방접종 스케줄부터 흔한 질병의 증상·예방·치료·관리법, 노령동물 돌보기까지 수록.

개 피부병의 모든 것
홀리스틱 수의사가 알려 주는 제대로 된 피부병 예방법과 치료법.

암 전문 수의사는 어떻게 암을 이겼나
수많은 개, 고양이를 암에서 구하고, 자신도 암을 극복한 수의사의 이야기.

펫로스 반려동물의 죽음
(아마존닷컴 올해의 책)

동물 호스피스 활동가가 들려주는 반려동물의 죽음과 무지개 다리 너머의 이야기.

강아지 천국
반려견과 이별한 이들을 위한 그림책. 천국의 문 앞에서 사람 가족을 기다리는 무지개 다리 너머 반려견 이야기.

유기동물에 관한 슬픈 보고서
(환경부 선정 우수환경도서, 어린이도서연구회에서 뽑은 어린이·청소년 책, 한국간행물윤리위원회 좋은 책, 어린이문화진흥회 좋은 어린이책)

동물보호소에서 안락사를 기다리는 유기견, 유기묘의 모습을 사진으로 담았다.

임신하면 왜 개, 고양이를 버릴까?
인간 의사가 임신 때 동물을 버리는 것이 과학적, 의학적으로 왜 잘못되었는지 조목조목 따진다.

인간과 개, 고양이의 관계심리학
248가지 심리실험을 통해 알아보는 인간과 동물이 서로에게 미치는 영향에 관한 심리 해설서.

동물과 이야기하는 여자
애니멀 커뮤니케이터 리디아 히비가 20년간 동물들과 나눈 감동의 이야기.

동물을 만나고 좋은 사람이 되었다

(한국출판문화산업진흥원 출판 콘텐츠 창작자금지원 선정)

동물을 통해서 알게 된 세상 덕분에 조금 불편해졌지만 더 좋은 사람이 되어 가는 개·고양이에 포섭된 인간의 성장기.

개가 행복해지는 긍정교육

50만 부 이상 팔린 책으로 짖기, 물기, 분리불안 등을 개의 심리와 행동학을 바탕으로 해결한다.

개·똥·승.

(세종도서 문학 부문)

어린이집의 교사면서 백구 세 마리와 사는 스님이 지구에서 다른 생명체와 더불어 사는 방법.

노견 만세

퓰리처상을 받은 글 작가와 사진 작가가 노견들에게 보내는 찬사로 가득한 유쾌하고 뭉클한 사진 에세이.

사람을 돕는 개

(한국어린이교육 문화연구원 으뜸책, 학교도서관저널 추천도서)

장애인을 돕는 도우미견과 구조견, 검역견 등 맡은 역할을 해내는 특수견을 소개한다.

똥으로 종이를 만드는 코끼리 아저씨

(환경부 선정 우수환경도서, 한국출판문화산업진흥원 청소년 권장도서, 서울시교육청 어린이도서관 여름방학 권장도서, 한국출판문화산업진흥원 청소년 북토큰 도서)

코끼리 똥으로 만든 책이다. 코끼리 똥 종이를 만들면서 사람과 코끼리가 평화롭게 살게 된 이야기.

채식하는 사자 리틀타이크

(아침독서 추천도서, 교육방송 EBS 〈지식채널e〉 방영)

육식동물인 사자가 본능을 거부하고 채식 사자로 살며 개, 고양이, 양 등과 평화롭게 살다간 9년간의 아름다운 삶의 기록.

대단한 돼지 에스더

300킬로그램의 돼지 덕분에 파티를 좋아하던 두 남자가 채식을 하고, 동물보호 활동가가 되는 놀랍고도 행복한 이야기.

치료견 치로리

(어린이문화진흥회 좋은 어린이책)

비 오는 날 쓰레기장에 버려진 잡종개 치로리가 치료견이 되어 기적을 일으킨다.

용산 개 방실이

(어린이도서연구회에서 뽑은 어린이·청소년 책, 평화박물관 평화책)

용산 참사로 갑자기 아빠가 떠난 뒤 24일간 음식을 거부하고 스스로 아빠를 따라간 반려견 방실이 이야기.

야생동물병원 24시

(어린이도서연구회에서 뽑은 어린이·청소년 책, 한국출판문화산업진흥원 청소년 북토큰 도서)

로드킬당한 삶, 총에 맞은 독수리 등 한국의 야생동물이 사람과 부대끼며 살아가는 슬프고도 아름다운 이야기.

후쿠시마에 남겨진 동물들

(미래창조과학부 선정 우수과학도서, 환경부 선정 우수환경도서, 환경정의 청소년 환경책)

다큐멘터리 사진 작가가 2011년 후쿠시마 원전 폭발 후 '죽음의 땅'에 남겨진 동물들의 모습을 기록했다.

후쿠시마의 고양이

(한국어린이교육 문화연구원 으뜸책)

후쿠시마 원전 폭발 후 5년. 사람이 사라진 후쿠시마에 남은 동물을 돌보는 사람과 두 고양이의 모습을 담았다.

동물원 동물은 행복할까?

(환경부 선정 우수환경도서, 학교도서관저널 추천도서)

야생동물보호운동 활동가가 기록한 세계의 동물원에 갇힌 야생동물의 참혹한 삶.

인간과 동물, 유대와 배신의 탄생
(환경부 선정 우수환경도서, 환경정의 올해의 환경책)

세계 최대의 동물보호단체 휴메인소사이어티 대표가
쓴 21세기 동물해방운동의 지침서.

동물 쇼의 웃음 쇼 동물의 눈물
(한국출판문화산업진흥원 청소년 권장도서, 한국출판문화산업진흥원 청
소년 북토큰 도서)

동물을 이용해서 돈을 버는 오락산업 속 고통받는 동
물의 숨겨진 진실을 밝힌다.

개에게 인간은 친구일까?
인간에 의해 버려지고 착취당하고 고통받는 우리가 몰
랐던 개 이야기와 그들을 보살피는 사람들 이야기.

고등학생의 국내 동물원 평가 보고서
(환경부 선정 우수환경도서)

인간이 만든 '도시의 야생동물 서식지' 동물원에서는
무슨 일이 일어나고 있나? 국내 동물원이 동물원의 역
할을 제대로 하고 있는지 평가했다.

버려진 개들의 언덕
(학교도서관저널 추천도서)

생태 작가가 인간에 의해 버려진 개들이 길 위에서 치열
하게 살아가는 2년간의 모습을 기록했다.

사향고양이의 눈물을 마시다
(한국출판문화산업진흥원 우수출판콘텐츠 제작 지원 선정, 환경부 선정 우
수환경도서, 학교도서관저널 추천도서, 국립중앙도서관 사서가 추천하는
휴가철에 읽기 좋은 책, 환경정의 올해의 환경책)

내 선택이 세계 동물에게 미치는 영향, 동물을 죽이는
것이 아니라 살리는 선택에 대해 알아본다.

동물은 전쟁에 어떻게 사용되나
전쟁은 인간만의 고통일까? 고대부터 현대 최첨단 무
기까지, 우리가 몰랐던 동물 착취의 역사.

고통받은 동물들의 평생 안식처 동물보호구역
(환경정의 어린이 환경책, 한국어린이교육문화연구원 으뜸책)

저자와 함께 전 세계 동물보호구역에서 행복하게 생활
하고 있는 동물들을 만난다.

동물학대의 사회학
(학교도서관저널 추천도서)

동물학대는 인간폭력으로 진행될까? 더 안전하고 덜
폭력적인 사회를 위해 동물학대에 대한 폭넓은 이해를
돕는다.

묻다
(환경정의 올해의 환경책)

가축 전염병에 의해 동물들이 살처분되어 묻힌 매몰지
를 사진작가가 2년간 기록했다.

동물주의선언
현재 가장 영향력 있는 정치철학자가 쓴 인간과 동물이
공존하는 사회로 가기 위한 철학적·실천적 지침서.

동물들의 인간 심판
(대한출판문화협회 올해의 청소년 교양도서, 세종도서 교양부문 선정, 환경
정의 청소년 환경책, 아침독서 청소년 추천도서, 학교도서관저널 추천도서)

동물을 학대하고, 학살하는 범죄를 저지른 인간이 동
물 법정에 선다. 이 기묘한 재판의 결과는?

햄스터
햄스터를 사랑한 수의사가 쓴 책으로 습성, 건강관리,
건강식단 등 햄스터 돌보기의 모든 것을 담았다.

토끼
토끼를 건강하고 행복하게 키울 수 있는 육아 지침서
로 토끼의 습성, 식단, 행동, 질병 등 모든 것을 담았다.

동물과 더불어 그림동화 5

고양이는 언제나 고양이였다

초판 1쇄 2019년 10월 25일

글쓴이 얄바츄 우랄
그린이 페리둔 오랄
옮긴이 강경민

펴낸이 김보경
펴낸곳 책공장더불어

편집 김보경
교정 김수미

디자인 나디하 스튜디오(khj9490@naver.com)
인쇄 정원문화인쇄

책공장더불어
주소 서울시 종로구 혜화동 5-23
대표전화 (02)766-8406
팩스 (02)766-8407
이메일 animalbook@naver.com
홈페이지 http://blog.naver.com/animalbook

ISBN 978-89-97137-38-1 (03830)

고양이를 사랑하는 나라, 터키

고양이를 사랑하는 작가가 고양이에게 바치는 러브레터